Et si j'étais un garçon ?

Claire Clément a commencé à écrire à dix ans, pour prolonger l'imaginaire qu'elle découvrait avec ravissement dans les livres. Écrire des histoires qui émeuvent les enfants, c'est pour Claire un défi qui allume son regard, fait palpiter son cœur, envahit sa tête. Mais ses quatre enfants se chargent de la ramener sur terre... heu... sur l'eau plutôt. Car Claire vit sur une péniche à Joinville-le-Pont. Elle est également chef de la rubrique romans au magazine *D Lire* à Bayard Presse.

Du même auteur dans Bayard Poche :

Une sorcière pas ordinaire - Le facteur du ciel - La folle course de Maman Poule (Les belles histoires)

Et si je changeais de maman? - Et si j'étais maîtresse ? - Et si j'étais riquiqui ? (Mes premiers J'aime lire)

Robin est né en 1969. Tout petit, il attrape le virus du dessin ! En sortant de son école d'art, Robin entre à la rédaction de *Grain de soleil*, à Bayard. C'est là qu'il reçoit son célèbre surnom : des enfants ont remarqué sa ressemblance avec le meilleur copain de Batman ! Aujourd'hui, Robin est directeur artistique du magazine *Mes premiers J'aime lire*. Parallèlement, il consacre beaucoup de temps à dessiner et illustre des livres pour différents éditeurs jeunesse.

Du même illustrateur dans Bayard Poche :

Le ballon perché - Pas si vite, Julia! - Et si je changeais de maman? - Et si j'étais maîtresse ? - Et si j'étais riquiqui ? (Mes premiers J'aime lire)

Et si j'étais un garçon ?

Une histoire écrite par Claire Clément
illustrée par ®obin

mes premiers
j'aime lire

BAYARD POCHE

Essie en a plus qu'assez : chaque samedi, au square, Léo Ramolo n'arrête pas de l'embêter. Il la bouscule, il lui tire les cheveux, il lui fait des croche-pieds.

Et puis, il lui a donné un horrible surnom : « la rouquine qui pue » !

– Je ne peux même pas me défendre, confie-t-elle à son chat Bouffon, parce qu'il est trop fort. Sinon, je t'assure que je l'aurais déjà aplati comme une crêpe ! C'est dommage que je ne sois pas un garçon…

Tiens, et si...

Et si j'étais un garçon ?!

Aussitôt dit, aussitôt… Essie est un garçon ! Il s'appelle Victor Vaillant.

Chaque dimanche, son papa l'emmène au stade, pour jouer au rugby.

– Viens, champion ! lui dit-il. On va leur mettre la pâtée.

Avec les copains de papa, ils passent deux heures à se traîner par terre, à ramper, à se plaquer, à se relever, à courir…

Le plus drôle, c'est à la fin du match :
tous s'alignent le long d'une haie et jouent
à qui fera pipi le plus loin. Victor est le plus
petit, mais il se débrouille comme un chef !

— Bravo, le félicite son papa, t'es un
champion ! Un vrai !

— Tu t'es bien amusé ? lui demande sa
maman quand il rentre à la maison.

— C'était trop chouette ! répond Victor
Vaillant.

Chaque samedi, quand Victor Vaillant
entre dans le square, les petits se précipitent vers lui :

– Victor, tu es notre copain ! C'est vrai,
hein ?

C'est vrai, Victor Vaillant est le copain
des petits. Et Bouffon aussi. Attention, le
premier qui en embête un aura affaire à
eux !

Justement, voilà Théo Toufot et sa bande, les pires ennemis des petits.

– Pousse-toi, minus ! dit Théo Toufot à Elliott.

Elliott se met à pleurer. Et ça, voir pleurer les petits, Victor Vaillant ne le supporte pas :

– Hep, toi, Théo Toufot !

Théo Toufot se retourne ; il fait semblant d'être étonné :

– Moi ?

– Oui, c'est à toi que je parle ! répond Victor. Je t'interdis de toucher aux petits, sinon…

Théo Toufot ricane :

– Ha, ha, tu m'interdis, à moi ? Ha, ha !

Il se tape sur les cuisses tellement il rit…

Victor Vaillant se met en position de karaté, prêt à lui faire sa prise spéciale : « Va en enfer ! » ; pif ! il envoie sa jambe en l'air et paf ! l'autre se retrouve par terre !

Bouffon se met en position, car il a une prise, lui aussi. Elle s'appelle : « Si je bondis, je t'aplatis ! »

Théo Toufot et sa bande s'enfuient en grommelant d'un air furieux :

– Povridiotpoilaudojoraitapeau…

Elliott se jette au cou de Victor Vaillant :

– Merci, Victor, tu m'as sauvé !

Victor sourit :

– C'est normal, puisque je suis fort.

Le problème, c'est que les petits ne le quittent plus. Ils veulent sans cesse jouer avec lui.

Victor en a assez ; il n'a plus aucune liberté ! S'il osait, il leur dirait : « Fichez-moi la paix ! »

Au square, les filles aussi se précipitent sur lui :

— Victor, tu sais quoi ? Tu es notre copain préféré !

C'est vrai, Victor Vaillant est le copain préféré des filles. Et Bouffon aussi. Attention, le premier qui en embête une aura affaire à eux !

Justement, Victor entend Léo Ramolo
qui traite Margot de « rouquine qui pue ».
– Laisse-moi tranquille ! proteste Margot.

Victor intervient :

– Hep, toi, Léo Ramolo ! Je t'interdis d'insulter les filles, sinon…

– De quoi tu te mêles ? répond Léo Ramolo. Pour qui tu te prends ?

– Pour qui ? Tu vas voir pour qui ! réplique Victor.

Et hop ! il se met en position de karaté,
prêt pour sa deuxième prise spéciale :
« T'es mort, Tyranisor ! »

Bouffon se met en position aussi pour sa
deuxième prise : « T'es fichu, tas de glue ! »

Léo Ramolo s'enfuit, en grommelant
d'un air mauvais :

– Povrabrutipipiaulipoilauouistiti…

Margot se jette au cou de Victor Vaillant :

– Merci, Victor, tu m'as sauvée !

Victor sourit :

– C'est normal, puisque je suis fort.

Oui, mais… le problème, c'est que les filles ne le quittent plus.

Elles l'entourent, se confient à lui, lui chuchotent leurs secrets.

Victor en a assez ; il n'arrive même plus à penser ! S'il osait, il leur dirait : « Fichez-moi la paix ! »

Sauf à l'une d'elles, parce qu'il en est amoureux. Elle s'appelle Musine. Il la trouve jolie et drôle. Aucune fille ne lui ressemble !

Il est tellement amoureux d'elle qu'il voudrait que tout le monde le sache. Alors un après-midi, il écrit sur son cerf-volant :
Je t'aime, Musine

Il l'emporte au square et il le lâche dans le ciel.

Tous les enfants lèvent les yeux. Émerveillés, ils s'écrient :

– Ooooh ! C'est beau...

Victor regarde Musine. Elle rougit, elle sourit...

Ses copines lui chuchotent :

– Il est trop fort, Victor !

Théo Toufot et Léo Ramolo, eux, se moquent de lui :

    – *Il est amoureu-eux... il est amoureux !*

Victor, ça lui est égal, puisque Musine sourit.

Tout à coup, Théo et Léo s'approchent de Victor et lui lancent :

– Dis donc, Victor Vaillant, toi qui es le plus fort, on parie que tu n'es pas cap de grimper tout en haut de cet arbre !

Victor regarde l'arbre. Certaines de ses branches sont mortes ; elles pourraient casser sous son poids ; c'est dangereux. S'il tombe, il se fera mal, c'est sûr !

Alors il secoue la tête et dit :

– *Non, je ne suis pas cap.*

Elliott s'écrie :

– Il a beau être fort, il n'est pas idiot, Victor !

Le lendemain, comme d'habitude, le père de Victor l'emmène au stade.

– Allez, mon champion, on va leur mettre la pâtée !

Avec les copains de papa, ils passent deux heures à se traîner par terre, à ramper, à se plaquer, à se relever, à courir…

Soudain, il se met à pleuvoir : la pluie dégouline dans le cou de Victor, ses vêtements lui collent à la peau, il a froid et splach ! Victor tombe dans une flaque de boue. Il reçoit un coup de coude par-ci, un coup de genou par-là, et encore un coup de pied. À la fin du match, il claque des dents et il n'a même pas envie de jouer à qui fera pipi le plus loin !

Alors il crie :

> *Fichez-moi la paix !*
> *J'en ai assez, plus qu'assez*
> *d'être le plus fort,*
> *d'être un champion,*
> *d'être un garçon !*

Tu sais quoi, Bouffon ?

La prochaine fois que Léo Ramolo m'embête, je lui ferai ma prise spéciale Essie :

« Léo Ramolo,
t'as rien dans le cerveau !
Et si tu me casses les pieds,
je t'arrache le nez ! »

Je te parie que ça le fera fuir ! Quant à toi, Bouffon, tu connais cette prise : « Si t'es chou, t'auras un câlinou » ? Allez, en position ! Prêt ? Partez !

Achevé d'imprimer en mai 2008 par Oberthur Graphique
35000 RENNES - N° Impression : 8574
Imprimé en France